モゲラのGハン

荻野 敦
Atsushi Ogino

文芸社

もくじ

モゲラのＧハン

モゲラのGハン

これは「モゲラのGハン」の半生の物語である。とは言っても、ヘレン・ケラーやキュリー夫人のような偉人伝ではなく、ドン・キホーテのようなホラ話でもない。推理小説である。しかし、誰も殺されない。

Gハンは、生まれたときからのモ、ゲ、ラでもお爺さんでもなかったのに、いったい、いつ何が原因でモゲラになってしまったのか、読者の皆さんにぜひ当ててほしいのである。

モゲラとは何かって？　例えてみれば、スギ花粉の季節でなくても、人はいくらでも鼻炎になる。年中そうなるので、鼻が痺れてモゲそうに感じるのを、Ｇハンはしぶしぶモゲラと自称している。

ああ、闘病記か。

それも違う。闘病以前の混沌とした話の中から、モゲラになった原因を見つけることが中心となる。それでは、ノーベル賞の博士にでもご登場願わなければ、手に負えまい？　そんなことはない。

だいたい体の不具合には、ヘモグロビンがどうの白血球がどうのという前に、汚いものを食べたから腹が痛くなる。細胞膜がどうの遺伝子がどうの前に、乱暴したから怪我をする、という簡単な原因が先にあるものである。

その汚いものや乱暴に当たる物事がモゲラの場合、ズバリどの汚いものやどの乱暴だったのかを、シャーロック・ホームズのように当ててほしいだけなのである。

それから先はきっと、その汚いものや乱暴についての分析・研究・対策の専門分野が広がってゆくに違いない。そうなったら話は簡単だ。

では、順次Gハンの生い立ちからモゲラの話を始めることとしよう。

物心

昔の利根川は、東京湾に流れ込んでいたという。それでは大都会に洪水の危険があり困るとのことで、霞ヶ浦の沖に流れ出て行くよう、江戸時代初期に大土木工事が行われた。茨城県の古河《こが》に高い堤防を築き、自然の流れを変えたのである。

400年以上も時が経ち、そこを昭和22年9月キャサリン台風が襲い、水害が起こった。周辺道路や農地の広い範囲が水浸しとなる。そんな景色の中に、やっと物心のついた3歳のころのG君が、祖母の暮らす農家の小舟に乗せられて出現する。

日本が敗戦間もないこの年、全国で疫病が流行った。赤痢8万人・腸チフス4万人・発疹チフス3万人・ジフテリア5万人以上が発病したと記録されている。東京・芝の産院の玄関前には「事情のある者は、この台の上に赤子を捨てよ」との立て札が見られたとも伝えられる。

巣鴨

翌年、父の健次が祖母のまつとG君を迎えに来て、東京・巣鴨へ引っ越すこととなった。

間もなくして、巣鴨のその家に栄子さんという新しい母が来た。

知らない人が突然現れて、G君は父に、今日からこの人がお前のお母さんだと言われた。そのことに抵抗はなかったが、特に親しみを感じないままG君は、19歳のその人をいつしか「おかあさん、おかあさん」と呼ぶようになった。

このことが後年大変な結果になるとは夢にも思わず、祖母と父とG君、新しい母の４人の新生活がスタートした。

その温かそうな「おかあさん」の膝に、G君は一度座ろうとして、遠くからそっと手を伸ばしたことがある。スッと膝の向きを変えられた。特に不服ではなかったが、それっきりG君は一度もその「おかあさん」に触れないように暮らした。

幼いG君が麻疹《はしか》で寝込んだときも、枕元から離れず看病に当たってくれたのは、祖母のまつであった。お伽噺《とぎばなし》でも実話でも「何でも良いから話をして」とせがんで祖母を困らせた記憶がある。

浦島丘

父の転勤に伴い、次に横浜の浦島丘へ引っ越した。

当時の横浜では、窓が3段に分かれ、焦げ茶色をした木製の63系の京浜東北線の電車に、首から募金箱を吊り下げた兵隊帽に白装束の傷痍軍人が乗り降りしていた。また、太平洋戦争に勝利した側の、カーキ色の軍服を着た大きなアメリカ兵が、大勢でカーキ色のジープやトラックに乗って、肩に小銃を担いだ番兵の立つカマボコ型の兵舎に出入りする緊張した土地柄だった。

敗戦により、シベリアや満州から舞鶴へ合計100万人以上になったと伝えられる引き揚げ者の一部が、子安《こやす》で無認可の保育所を構えていた。G君はその保育所に通うようになった。

シベリアからの引き揚げ船は後年、新宿歌舞伎町の歌声喫茶等でロシア民謡が盛んに愛唱されたことにも繋がるのだが、幕末ごろのこの辺りは東海道五十三次のひとつ、神奈川宿として大変賑わっていたと聞く。

ペリーさんとの条約によって、浦賀よりも江戸に近いどこかに港を造る必要に迫られた幕府が、故意に神奈川宿から離れて東海道から道筋を逸れた横浜村に目をつけ、桟橋を設けた。以後はそちらが六大都市のひとつとして賑やかになり、子安の辺りは、人々が長さ1メートル足らずの浅い小舟に乗ってシャコ漁などをして暮らす漁師町となっていた。

その子安の保育所からの帰り道、下駄《げた》をはいたG君は雪に降られて立ち往生した。二本歯の間に雪が挟まってゴロゴロし、脱げてしまったのである。

裸足《はだし》で泣きべそをかいていると、下校中の小学生が京浜第2国道を渡り、浦島丘の家まで背負ってきてくれた。

ずっと家にいたお義母さんには、「馬鹿だな、お前」と言われた。

「…………？」

ともあれ、浦島丘のその家からはそんな横浜港に出入りする大型船の様子がよく見えた。停泊中の船が出港するときの、蒸気

機関車よりも野太く長いあの「ボーッ」という汽笛の音で、G君は毎朝目が覚めた。

港には大型の赤レンガ倉庫が幾つも並んでいて、たくさんの艀《はしけ》から荷揚げされた粉ミルク・チーズ・チョコレート・バナナ・大豆など輸入物資が次々と運び込まれていた。

まだ高速道路やベイブリッジはなく、スーパーマーケットやコンビニも誕生してなかった。輸入物資は神戸や横浜など各港の倉庫に一旦全部預けられる。その後は書類の上で個々に売買された商品が各地の小売店

に並ぶとき、必要な量だけトラックで直接運ばれる仕組みであった。

また、輸入される食料品の他には、パラチオン等の農薬があったり、大きな麻の穀物袋にいつの間にかついていた外国のブタクサの種子が、やがて全国の河原の月見草を駆逐して花粉を撒き散らすことにもなったり、アメリカシロヒトリと呼ばれる毒蛾《どくが》が増殖し黄色い鱗粉《りんぷん》がアトピーになると嫌われていた。

パラチオンは稲の茎の中に生きる害虫を表面から殺す劇薬と聞く。父の健次はそれらの物資を保管する倉庫で働くサラリーマンだったが、特に職業に思い入れのある様子はなく、G君は後年、ただ中学校における職業・家庭の教科の中で、この流通の仕組みを理解しただけであった。

1952年、その横浜港にプレジデント・ウィルソン号が停泊した。

エリザベス女王の戴冠式《たいかんしき》に、のちに平成の天皇となられた皇太子殿下が出席するため、この船でイギリスへ渡航するとのことであった。

初めて見る外国航路の大型客船を見学する機会を得たG君の目には、それはプールや可愛いままごと室や綺麗なレストランが中に揃う、浮かぶ高層ビルのように見えた。あの水害時の農家で、玄関を入ると土間脇に牛が寝そべり、その奥にかまど・火吹き竹、さらに奥の井戸端に木製の風呂・たらい・洗濯板が散在するほかには何もない、今までの田舎暮らし以来のカルチャーショックと言える。こんな国と今まで戦争をしていたのかとも感じた。

また、父に連れられ、当時日本で唯一のコンサートホールである日比谷公会堂へ、アメリカのユーディ・メニューインのヴァイオリンを聴きに行き、G君はその一指迷わぬ職人技に仰天した。

「ティル・オイレンシュピーゲルの愉快な悪戯」が、実はヒトラーを笑っている音楽組曲であることをニュルンベルクの戦争裁判で指摘して、ナチスの帝国音楽院総裁を命じられた、リヒャルト・シュトラウスの減刑を願い出た後の来日と聞く。また、後年インドでラヴィ・シャンカールと異次元の打楽器とのコラボレーションを試みたとも聞く。

そのコンサートホールでG君は初めて実に激しい貧血に見舞われた。目の前が真っ暗になり、汗びっしょりで力が抜け、椅子にも座っていられなくな

って、夕食をまだ食べていないのに、トイレで泡を吐いてから回復した。

その年、東京湾一帯にヒトデが大繁殖し、横浜のアサリはヒトデに食べられて全滅した。川崎の巨大な石油コンビナートが周辺の生き物を汚染したことが遠因と言われた。

またこの年、霧のロンドンではスモッグによる死者が4000人とも報じられた。川崎よりも大規模な石炭の蒸気機関で、ウールの繊維産業が栄えた結果と言われた。そのロンドンから世界初のジェット旅客機コメット号に乗り、27時間半でジャック・ティボー氏が来日する途中で、

名器ストラディバリウスと共にインド洋に墜落した年でもあった。

そしてそのころ、それまで元気いっぱいだったG君も、ちょっとした鼻風邪が治った後、いつまでも喉がゼーゼーと鳴り続け、8歳で初めて「小児喘息」と診断された。

読者の皆様は喘息の症状をご存じだろうか。スギ花粉に見舞われたときのように、鼻のムズムズが始まって、クシャンクシャンとクシャミが止まらなくなり、続け様に鼻水は出るし涙は出る。「こりゃ、たまらん」と手の平で鼻の頭をクシュクシュすると、クリスマスでもないのに赤鼻になり、これで、いとも簡単に紛れもない、鼻が痺れてモゲそうな「モゲラ」のG君の完成だ。

そのうち、硫黄臭の漂う噴火口に佇《たたず》んだときのように胸の内側が痒くなり、横綱の土俵入りのときのようにズシンと胸にこたえるクシャミの度に、義母から「ヨイショーォ」の声が掛かる。

そしてその晩には決まって喉がゼーゼーと鳴り出し、息苦しく咳き込んで、強烈な頭痛と吐き気も加わり、紫色に変色した唇は泡でいっぱいになり、唸り声を上げてトイレにしゃがみ込む。

それはもう無残に汚いのだ。やむなく半身起き上がったままの姿勢でもう一度夕方になるころには、とうとうアナフィラキシーショックにより汗びっしょりで気を失っていた自分に気がつく。

ある冬の晩、同じ建て方がずらっと並んだ浦島丘の木造住宅の、同じ側の窓を次々に外して、泥棒が入った。しかし、その窓から頭を突き出してウエーッと唸り声を上げていたG君の家だけ被害がなかった。気の毒に、ドロボー君の方が肝を冷やしたに違いない。

往診の医師が帰った後、義母に、

「喘息だってさ、遺伝だからもう治らないってさ」

と言い渡された。

「小学2年生の親って、そんなものかな?」

こんなありさまではいったい、どんな大人になれるのだろう。声や音を使ったり、食品を扱ったりする仕事には向かない。落語家・板前さん・音楽家・アナウンサー・先生は望み薄に思われる。灯台守はどうだろう。そんな無医村で生きられるのだろうか……。

これ以後のG君は、ずっと年間50日以上も学校を休む天災少年であった。発作時はブドウ糖にネオフィリンを混入した静脈注射がよく効いたが、1週間後にはまた発作が起こった。

その発作の度に、一緒に起きて背中を摩りながら、祖母のまつが小さな声でよく語ってくれた話がある。

「お前の母君《ははぎみ》は清《きよ》さんと言ってな、お前が2歳のときにジフテリアにかかってよ、3日で息が詰まって死んじまったんだよ」

G君は隣室に寝ているお義母さんに聞こえていると思い、とても気詰まりだったが、実際には繰り返しその話を聞く破目になった。

昭和27年、妹の洋子が生まれた。

洋子は気がつくと両親のことを「パパ、ママ」と呼んでいたが、G君は今までどおり呼び慣れた「お父さん、お母さん」を変えずに中学生となった。

荻窪

その中学校は東京・荻窪にある、進学率の高い区立中学校だった。それまでの暮らしに比べてＧ君には、科学も歴史も芸術も幅の広い世界を熱心に伝えてくれる興味津々の場所で、貪欲に様々を吸収できたが、それを見届けるようにして散々お世話になった祖母が他界した。

大きくなってから義母に遠慮しだし、最後は祖母を寄せつけなかったＧ君は、それを悔やみとても寂しかった。それ以後のＧ君はすっかり無口になり、義母の目には誰にも馴染めない偏屈な奴と見えたに違いない。が、それならそれで……孤独でも構わなかった。

どうしてこんなモゲラなのか、誰も分からないのなら自分で研究の道に入ってでも、答えを探してみよう。具体的にはどうすれば良いのだろうか。シャーロック・ホームズになった読者の皆様は、もう見当がついているのだろうか。

辺りは目まぐるしく変わり、芝には東京タワーが建ち、カラーテレビが放映され、東京オリンピックが行われ、東海道新幹線が走るようになり、容赦のないときが経った。

昭和37年、発作の手当てのため往診をお願いした医師から、

「たった今見ていたNHKテレビに、抗原抗体反応のアレルゲンを探してくれる先生が出演されていたよ」

と教えられ、翌日単身で内幸町のNHKを訪ね、それが両国橋にある城東病院の石原先生であることを突き止め、早速診察をお願いする運びとなった。

皮膚反応テストを受けた結果、アレルゲンは家ダニと判定された。これでようやく原因が見つかった。そう思って減感作療法を受け始めた。減感作療法とは、ツベルクリン反応のように100万倍に薄めたアレルゲンを3日に一度皮下に注射し、少しずつその希釈液を濃くしてゆくのだ。

やがてその希釈液が100倍に近づいた段階で、通常の特効薬に加えてプレドニンという副腎皮質ホルモン剤も使わないと止まらない重い発作となり、そのホルモン薬を使うと、すっかり元の敏感な体質に戻ってしまった。19年間、それが繰り返されただけで、さっぱり効き目がなかった。ワクチンに似た療法は駄目なのだろうか。

石原先生の他には、故意に自分の腸内に寄生虫を飼って、その虫が人間の腸から排除されない成分を出して身を守る様子を研究している、という珍しい博士もいると聞く。異物に対する人間の拒否反応を制御する研究に違いない。

さすらい

気がつけば、Ｇ君は受験の成り行きで、早稲田という医学部のない大学の高等学校に通っていて、その後間もなく神戸へ転勤となった父とは離れて暮らすようになっていた。

祖母のいなくなったその生家は、次第に家族とは名ばかりの温もりのない家となり、Ｇ君は、中学生のときのように物珍しい知識を手当たり次第に吸収できる状態ではなくなっていた。

その願ってもないチャンスを義母は見逃さなかった。役に立たない家族なら大人なのだからもう家に帰ってくるなと言い放った。父もそれに

同調した。G君は、

「自分は生まれる場所と状況を選べなかった。けれども貴女は自分の選択した家族を自分でぶち壊そうとしているんだぞ、分かっているのか」とは言わずに、社会のお荷物となることを余儀なくされた。

実際にその後何度も救急車で知らない病院に運ばれたり、気がつくと銭湯のタイルに長々と丸裸で横たわっていて上から子供たちに覗き込まれていたり、振り向き様に豚の鳴き真似を浴びせる若者に追い越されながら通院したり……。思い出しても恥ずかしくなるほど通りがかりの様々な人々に親切にされたり嫌がられたりした。

子供のころ愛読した科学雑誌を発行している出版社の隣にある、神田の小さな取次店という出版物の問屋で働きながら、G君は落ちても落ちても様々な国公立の医大をムキになって受験し続けた。給料の続く限り勤め帰りに代々木ゼミナールにも通うときが続いた。

やれやれ実際「ボウフラが人を刺すよな蚊になるまでは、泥水飲み飲み浮き沈み」（都々逸）とは、よく謡ったモノである。

結婚

やがて昭和50年、その取次店で共に働く美鳥さんと結婚した。まさかの「喘息でもいいよ」と言ってくれたのだ。

翌年、陽当たりの良い松戸の寿荘へ引っ越し、娘の千里が生まれた。柄にもない気恥ずかしさを感じつつも、千里には私たちのことを「ダディー、マミー」と呼んでもらうこととした。G君にとって「パパ」とは妹の父親のことだった。

このころ都内への大型トラックの乗り入れが制限される条例ができた

ため、本の流通を担う神田の取次店も郊外へ移転することになって、G君にも転機が訪れた。

昭和54年、発作で大門の岩井静子医師を訪ねた。

「あなたのお母様は、さぞ2歳のあなたのことが心残りで亡くなられたことでしょうね」

「…………?」

地元の小学校の校医でもあるその医師から手渡された地図を頼りに、その足で少し離れた研修所を訪ねた。そこは食品などにたくさん含まれる薬品の害や、それ以外の原因で障害を受けている人を見分けて、どうできるかを教える施設で、多数の老若男女が訪れていた。心細いG君と親切な指導員さんとのちぐはぐな会話を通して、だんだん状況が変化していった。

「あなたの家には台所やトイレがありますよね。仏壇はありますか？」

「生家にはありますが……？」

めぐりあい

数日後、取次店での勤務が終わり、帰路、購入した仏壇・仏具一式を背負って駅から家へ歩きながら、Ｇ君の腕はその重みに汗びっしょりで、なぜか背中はゾクゾクし、逆毛が立っていた。

その晩、妻と寝ていた掛け布団を突然はねのけ、半身ガバッと起き上がって「ママーッ」と叫び、「すぐにまた眠っていたわよ」と妻から朝になって聞いたＧ君、いや35歳にもなったＧハン当人がびっくりした。

心に鍵を掛けたような強い抵抗感で、今まで一度も口にした覚えがな

い「ママーッ」とはいったい誰のこと？　寝言ではないようだ。

　Gハンはとうとう気がついた。

　近くにママ、ママがいる。

　見えないママがいる。どんなにか息が苦しかったことだろう。一人だけ生まれた子が、ジフテリアの実母の苦しみにずっと気がつかなくて、いったい他の誰がその無念を察するだろう。

　眠っていても、引っ越しても、見えなくても、すぐ傍に訴えるママがいる。ハンセン病のように、分からない病気は安直に遺伝ということにして持て余される。そして、断種などという乱暴な方法を使ってでも、社会から除外されてしまう。そんな状態だと、アレルギーを制御しても、DNAを分析しても、この喘息が治るわけがないのだ。

死後きちんと供養されていない霊魂が、生きる子孫の障害を引き起こす現象がある。その状況を修復する方法も教える所と聞いて、実際にその大門研修所の指導や助力を受け、実母の霊をちゃんと供養してからは、劇的に体の反応が変化した。

生きたダニを不用意に吸い込んだときは、喉がゼーゼー鳴り出し息苦しくはなるが、15分ほどするとコホッと咳き込み、血痰がひとつふたつ出て、突然回復する。また、ダニの混入した食品をうっかり食べると、間もなく腹痛を感じ、15分ほどでドッと下痢を起こして突然回復する。この二通りだけになった。貧血や気を失うこともなくなった。

喘息とは異なる短時間のアレルギー反応だ。38歳以後はモゲラのままでも、ずっと元気に働くことができるようになった。

アレルギー

思えば太古の昔、突然始まる「三つのこと」を恐れて生きた哺乳類がいた。

それ、地震だ。ドッキリして右往左往する。アッ、恐竜だ。ゾーッとして身を隠す。だからその仲間は、少しでも地面が揺れれば平気ではいられないし、小さな蛇を見てもゾッとしたりする遺伝子を原始人に残して滅んだ。

3番目が今はいない吸血ダニと言われている虫だ。ちょうど今のスギやブタクサの花粉程度の大きさで、生き物の肺や皮膚に喰らいついて、生き血を吸う恐竜時代からのエイリアンだ。これが、腸内細菌や白血球では対抗できない大きさの何とも手怖い相手で、人間は何百万年もかかって、クシャミ・鼻水・咳・気管支の繊毛運動・唸り声・アトピーを駆使して、それを排除する能力を得た。これがアレルギー反応だそうだ。

だとすれば、せっかく得たその能力を病気扱いして薬で制御したり、経済効果からそれを物笑いの種にしたりして、社会から人間の方を排除するのは間違いだろう。

猫が大型犬に出会ったとき、逆毛を立てながら背中と舌を丸めて「ファー

ッ」と後退りするのは病気ではない。どの猫でもそうなる。排除する必要のない、ただ恐ろしいという表現なのだ。

アレルギーや喘息も、ドッキリすることやゾーッとすること、逆毛が立つことと同じだ。

これで推理小説は終わる。

シャーロック・ホームズになった読者の皆様には簡単だっただろうか。以上のことが公害と一緒に順不同に押し寄せた、先の見えないGハンにとっては、簡単な話ではなかったのだ。

薬害

ここで、ボウフラのように必死にもがいているGハンの話に戻ることにしよう。これまで触れてこなかった、薬についてのお話である。原因は分かっても、まだ呼吸困難は襲ってくるのである。最初からの問題は、発作を止める特効薬なしには一晩も過ごせない体を、どうするかであった。

手始めに8歳で服用した、エフェドリンを配合した特効薬は、初回に錠剤半分でよく効いたが、2回目は1錠、3回目はもう2錠という具合に、出だしからヒロポン中毒を連想して、4回目には往診をお願いすることが何年も繰り返された。

その後は、依存性のない薬としてコリンテオフィリン製剤の内服薬を、毎晩飲んで眠るようになった。それでも発作となれば、硫酸イソプロテレノールという即効性の気管支を拡張する噴霧薬を吸入して、通学・通勤を工夫しなければいけない。どの薬でも使ったらまた使う破目になる恐ろしさは同じことだった。

予感どおり、頼りにしてきたアミノフィリン水和物の静脈注射もやがて効き難くなって、最初の発作から28年を経て、ションボリとした姿で岩井先生にめぐりあったのだった。

それを機に、もう飲むまいと決めながらも2錠のコリンテオフィリン製剤をずっと携帯していたが、3年後に恐る恐る捨てた。

発作時は勤務を休まざるをえず、取次店の退社を余儀なくされた。

実母の霊魂を供養し、アレルギー反応が病気でないことを理解したGハン。残る問題となるのは、人体を構成する物質ではない今までの薬剤の蓄積だ。筋肉やら気管支やら体中が収縮してすっかり排出すれば、丈夫になるとひたすら信じ、通勤の困難を感じて、次の段階に踏み出した。

埼玉県の柳瀬川にあるマンションの住み込み管理人を27年も続けることとなった。赴任して2年後には、血尿・血痰等々あっちこっち血だらけになったが、蓄積した薬害中毒からもすっかり回復した。それからの25年間で経験したビルの維持管理の仕事は、隣接する市役所の水道部で働く次の8年に重宝された。

回復

どこに所属しようとも、8歳のころよりずっと年間50日以上も欠席・欠勤を続けてきた状況からようやく解放され、人並みに仕事ができるようになった喜びは大きかった。

その他に、この間思いがけず嬉しかったのが、今まで業界でお世話になる一方だった健康保険組合から、5年間一度も通院してないお祝いとして、5万円の旅行券をいただいたことだ。

14歳のとき、雲取山への遠足を遠慮して以来、およそ旅行には縁のない暮らしをしてきたGハンは、舞い上がって貯金を足し、何とか16歳になった娘と妻と一緒に、ハワイへ行けたのだ。お腹の周りをたくさんの熱帯魚やアカウミガメに取り巻かれて、すっかり浦島太郎になれたハナウマ湾や、名残惜しそうにいつまでもワイキキ・ビーチで美しく泳ぐ娘の姿が忘れられない。

74歳の今でも、胸のレントゲン写真はちょうど結核の治った跡のような影を残しているが、日常の呼吸には何の支障もなく、元気いっぱい妻と暮らしている。

数学的な論証の方法に、君は痴漢だと言うには、たったひとつの事例があ

れば済むが、私は痴漢ではないと証明するのは、中々骨が折れるとある。
とりあえずGハンの重い喘息が治ったというこの実話は、そのたった
ひとつの事例に当たる。
我と思わん暇人は、Gハンが生まれなかった、Gハンは喘息でなかっ
た、そんなことをしても喘息は治らない、と証明してみてほしい。
ずっと「我関せず」を決め込んで来た迷惑顔の父親は、薬害中毒から
回復したGハンを見ようともせずに他界した。
薬害から抜け出したときの晴れ晴れしさは、ちょうど故郷の浜辺に帰
ってきた浦島太郎が、白装束の傷痍軍人に代わってテーマパークのぬい
ぐるみパレードに出会ったように、まるで時の経過がなかったかのよう
な、何とも能天気な錯覚にさえも思える。

振り返れば、見えない存在が天国への道を見失っていた幻の実母でなかったら、Ｇ君はそれほど長く薬漬けにならないで、少しは楽に回復したに違いないとは思う。また、その実母がジフテリアではない疫病だったら、Ｇ君は喘息以外の障害となったに違いないとも思う。

うつ病のレッテルを貼られて、そこで立ち止まった人は、せっかく立ち止まった意味を自分で見直すだけで、そのうちきっとそこから立ち直れる。立ち止まって見直すだけで、レッテルや薬は必要ないとの考えを実践している、名精神科医が実在することも連想する。

それより何より、あれほどまでに激しく長い呼吸の苦しみから解放されたい人が他に残っている限り、きっとこのＧハンの話を知ってほしくて、この短い一文をどこか消えない所に残したいと思う。

幻の実母からモゲラのGハンに贈られた玉手箱の蓋を、シャーロック・ホームズになった読者の皆様の手で、さあ怖がらずに開けてみて下さい。トロイの木馬を童話や神話の世界から、発掘して実在を証明して見せたシュリーマンのように、どんな分析・研究・対策が出てくるか楽しみです。アレルギーは治らなかったが、喘息は治った。そんなGハンの例もあるのだ。

問題

エッ？　心霊現象？　病気ではない？

何と基礎医学への道を志していたGハンは、何年か頭が真っ白となったままだった。これは大変なことになった。

シェークスピアも紫式部も、ちゃんとお化け話は認識していた。ピラミッドでは霊魂不滅と考えていたり、キリスト教には鎮魂ミサ曲があった

り、昔から多くの国に知られていた現象だった。

それが日本では、武家の時代は儒教をお手本にした都合で、明治維新以後は科学技術をお手本にした都合で、政や教育現場では、結果として何百年も都合の悪い心霊現象をノーサンキューで封印してきたのだ。

その上デモクラシーは、人数の多い意見が勝つ。資本主義は、金額の総合計の多い人が勝ち残る。日本の人口100人に一人は喘息患者がいると言われている。1億人に比べて100万人はマイナーなのだ。ノーサンキューなのだ。

古代ローマ帝国の遺跡には、強い兵士になれない体の弱い少年たちの骨が、まとまって出土する場所があると聞く。

そんなふうにマイノリティーを間引く度にゾンビが甦って、次の命の問題が加えられてゆく。その間引く方法がヘイトスピーチや迫害、いじめ、見せしめ、切腹、未必の故意、断種、テロ・ジェノサイド、アウシュビッツ、そして戦争だ。

ハリウッドのアクション映画に、男はいてもいなくても厄介だと笑わせるシーンがあるが、なるほど愛のない世界とは無関心な世界だと表現されるのと同じで、触らぬ神に祟りなしと決め込んで、神仏を厄介払いする世界にも明日がない。

きっと、中東発の殺戮集団や、北朝鮮の状況にも繋がるテーマなのだろう。古代ローマ帝国の上流社会で盛んに銀食器が使われたことや、ゲルマン民族の大移動がゾンビの働きかけだったかどうかは誰にも証明はできないが、実際にその帝国は滅びてしまった。

素朴な話、シベリアの捕虜収容所で牢屋の壁を自分が石で引っかいただけの粗末な画像に手を合わせ、どうか一日も早く極寒のここから出して故郷に帰してほしい、と毎日祈っている日本兵を偶像崇拝と咎めたり、笑う者がいたりするとは思えない。

それを咎める人が独裁者ばかりか何とデモクラシーや資本主義の勝者の中からも現れ、経済や科学や神仏の名を借りて、マイノリティーを厄介者扱いするようになる。

あのデモクラシーを考案した古代ギリシャ人は、労働が嫌いだった。

だから戦争をして、負けた国の捕虜を奴隷にし、楽を図った。苦を他に押しつけるようなデモクラシーが長続きするはずがないし、立派な戦争というものは存在しない。

今、通過点にあるこの世界の資本主義にも、次々と生まれて暮らしに未熟なまま学校を卒業してくる若者から、すぐにできる衣食住に関連する易しい仕事を奪わない社会を用意した上で、学習能力を持つ人工知能や自動機械を作らないと、資本主義が次の難民や自動殺人機を生む時代が来るという厄介な問題があるのではないか。

とりわけ、皆でグルになって特定のマイノリティーどれかひとつを、集中して潰《つぶ》しにかかるポピュリズムには注意を払わないと、また、ヒトラーが現れてしまう。

将棋やサッカーはなくても困らないが、多様なゲームが生む天才にブレーキや特権は必要ない。劣等感の強い仲間に妨害されて、せっかくの天分がブレーキになったり、人間支配の野望を持つ政治家に特権を与えられて、天才が思いがけない残酷な兵器作りに利用されたりする例がよくある。しかし、皆がいくらその天才に憧れても、資本主義が暴走しない制度作りが後手に回ると、競争・勝ち負け・順位づけからはみ出た大多数の民衆には、禁止事項の満載された暮らし難い社会が待っている。

それでもどこかの国の独裁者がマイノリティーを間引かなくなって、初めて平和な世界が訪れるのと方法が同じなのであれば、喘息では一人も困らない世界になるのとは、しばらくは違う道のりを歩むにしても、同じ時期となるに違いない。これはやっぱり大変なことになったのだ。

約束

だがしかし諦めない。Ｇハンは諦めない。ネバーギブアップだ。

スティーヴン・ホーキング氏は、宇宙の起源にたった一人でも迫ろうとしていた。政の協力を得られなくても、ハワイでは消してはいけない話をフラダンスに託して残したと聞く。日本の江戸時代にも多くの先人たちが浮世絵や落語・講談話として作品の中に怪談を残している。心強いことにその後も、ラフカディオ・ハーンや横溝正史がそのことをちゃんと認識している。

だから、「お化け話を封印するなー」と言わなければならない。いや、言うだけでは不十分だ。

　今後は入会脱会の自由な互助組合の中で、ちょうどＧハンが研修所のお勧めにより妻君と二人三脚で始めたように、家族でなくても喘息の者どうしが互いに発作から解放されるまでの数年間を補助し合い、互いに見捨てない自立支援施設を、たった２人から細胞分裂のように増減する組織を、スタートすることが必要となる。

　私たちのアレルギーに関する遺伝子の変化は、心配しなくても、この後何万年遅れても、自力で追いついてくるはずだ。

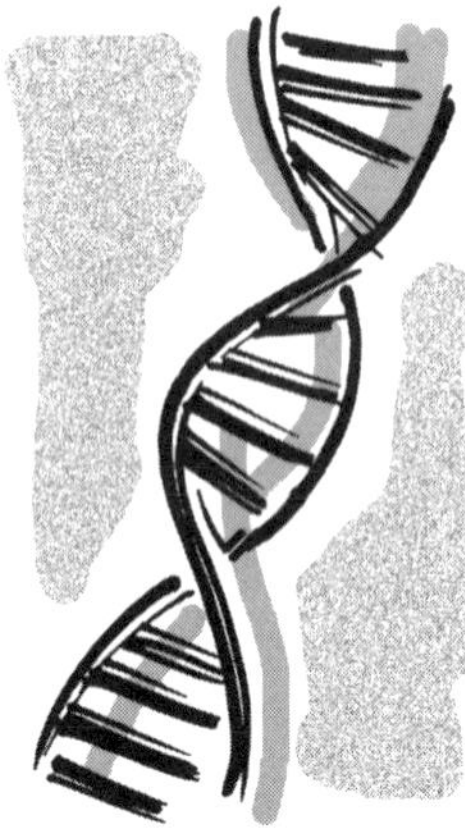

デモクラシーや資本主義のテーマになることが期待できない今の段階で、この小説の著作権料が蓄積されるものならば、Ｇハンは願いを込めてその大半が自立支援施設のスタート基金として使われることを約束する。

この読者の皆様一人一人が、今もうこのスタートに参加しているのだ。

祈り

バロック音楽のヴィヴァルディーや、「白髪三千丈」と詠んだ唐の李白、豊臣秀吉の知恵袋竹中半兵衛に、『雨月物語』の上田秋成と、重い呼吸の苦しみに耐えた先人がいる。

現代では吉行淳之介、壺井栄に到るまで、Gハンと同じ課題を背負って先立たれた友を思いつつ、ジャン＝ジャック・ルソーのような創始者でもなく、ロベスピエールやジャンヌ・ダルクのようには勇ましくもできなかったGハンが、やっと作れる、生きた証しの自立支援施設。

それがフランス革命のときのような広がりを見せた啓蒙運動となって、

この国が経験した東日本大震災で、あの恐ろしい津波にも流されずに残っていた「この石より低い場所に家を建てるな」の小さな道標の役目となることを、切に願うものである。

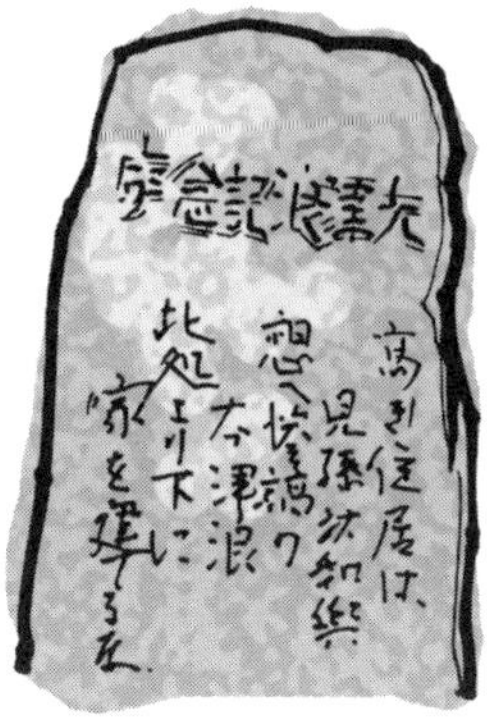

この30年間もの喘息だった記憶
（74歳春・モゲラのままのGハン）

死に急ぎたいあなたへ

10代のころ、手ひどいヘイトスピーチを受けたGハンに、友達はいません。

生きることに悲観して、もはやこれまでと思っている若者に、身勝手な我が身の恥は承知で、聞いてほしい話があります。

息が苦しい状況に負けて、生きていてもこれ以上良いことは起こりそうもないと思い、死に場所を求めてG君は立山を彷徨《さまよ》ったことがあります。減感作療法が当てはまらないと感じていたころでした。

方法がないのならば、もう諦めて死んでしまおうと思い、死に場所を探しながら実際の行動は、自分でちゃんと死ぬ理由を納得し、できるだけ苦痛でなく、他人に迷惑を掛けない方法で、いつ、どこで、どうやってと探し回るのです。

時、場所、方法はすぐに思いつくのに、いざ死と向かい合うと、最初の問題である自分で死ぬ理由をちゃんと納得することだけが何としてもできなかった。

他人は自殺のことを卑怯とか弱虫とか簡単に非難するが、そういう野次馬のお囃子に踊る必要はありません。もうモゲラは嫌なのだから、そんなことはどっちでも構わないじゃありませんか。

それより、どうしてこんなにモゲラなのか分からないのに、モゲラのままで死ぬことになるのは何とも残念で、どうしても納得するわけにゆかなかった。Ｇ君は死にきれないと黒部警察に保護を求め、見当違いの留置場で、深夜に手厚い往診の手当てを受けた。

他の何の問題にしても、困難な問題に直面した若者は、その問題に向かい合っている間は、原因を探し続けている限り、自殺はしない。諦めたとき、実行するのです。その先は、見捨てられてゾンビとなった自分が、可愛い子孫のわけの分からないお荷物となるのかもしれません。

この国ではよく、科学や技術の実学以外は潰しが効かないと言われているが、これからはなぜその実学が必要なのか害なのか、マララさんのように死に直面したことのある若者たちにこそ、提案や行き詰まった制度作りへの出番があるように思えます。

実学とは程遠い出来事に戸惑い、しばらく頭が真っ白になっていたＧ

ハンでも、これ以上は望めないと悲観したはずの良いことを、生きて山ほど実感できて、浦島太郎になったのです。何に悲観しても、自分で命を絶つ理由を、どうか納得できるまで何度でも繰り返し、正直に気の済むまで、探してみて下さい。

きっと、悔しくて孤独には負けない、不思議な命の泉が、フツフツと沸いてきますよ。

74歳のＧハンは今からでも、命ある限り問題を抱えたマイノリティーと共に、また次の課題に取り組みたいと思い、黒部警察の皆様に感謝しながら恥かき話の筆をおきます。

著者プロフィール

荻野 敦（おぎの あつし）

1943年、関西生まれ。

早稲田大学高等学院に通学後、出版物取次店に10年間勤務。その後、ビル管理会社に28年、所沢市役所に８年勤務後、退職。

[illegible]在住。

本文イラスト・青木宣人

モゲラのGハン

2018年７月15日　初版第１刷発行

著　者　荻野 敦
発行者　瓜谷 綱延
発行所　株式会社文芸社
〒160-0022 東京都新宿区新宿１－10－１
電話 03-5369-3060（代表）
03-5369-2299（販売）

印刷所　株式会社フクイン

ISBN978-4-286-19542-1